Poids et haltères

Original story: Jennifer Degenhardt

Edited: Françoise Piron

Cover art: Layla Morris

For anyone who has goals, may you achieve
them.

TABLE DES MATIÈRES

REMERCIEMENTS

In testing my French skills, I translated this book myself. Fortunately for all involved, I have a wonderful editing team in Françoise Piron and her mom, Nicole Piron, from Gland, Switzerland. While Françoise told me that her eyes didn't bleed too much while reading my French, I am indebted to her for her patience and expertise with the French language. As a teacher of the language for many years, too, she understands the mission of providing stories that are easily comprehensible while keeping them true to culture and reflecting modern speech patterns.

The beautiful cover art was done by Layla Morris, an 8th grade student at Greenwich Country Day School in Connecticut. A true artist, Layla only required a short description of the story before she went to work. This is her first cover for my books. I'm hoping it won't be her last. ☺

A huge thank you to Sofía Ojeda for inspiring me to write this story. When I see posts about Sofía on social media, my spirits are immediately buoyed. I hope that she will have the same effect on others.

Thank you, of course, to Diego and Allison Ojeda who have so graciously allowed me to include Sofía (and them!) in this book so I can share with everyone about Sofía and others with intellectual disabilities. It is my pleasure and honor to be able to highlight Sofía and her friends (real and fictional), the Special Olympics and Best Buddies.

Another big thank you to John Maceri, chief executive director of The People Concern (and friend!), for the permission to use the name of the organization in this story. Readers should know that TPC, like so many others, is a real organization that does real things for real people who need the most, real help. Thank you, John and TPC for all that you do!

Lastly, a big shout out to my gym pals. Thank you to Stefanie for allowing me to use the name of Punch gym in the book, but also for being a fantastic and empathetic trainer, alongside Mike. Never before have I stuck with an exercise program until I was introduced to weightlifting. It is the type of physicality that illustrates the phrase: the more you do, the better you get; the better you get, the more you do. Thanks to Aaron for getting me in the door in the first place, and the camaraderie of all for keeping me there. Though the gym itself is no longer, the lessons and the memories remain.

Meet Sofía

Meet Sofía Ojeda, the inspiration for this story.

Sofía is the daughter of Diego and his wife Allison. Diego and I are virtual friends and colleagues. When he is not posting about his excellent work with world language teaching and offering his expertise, he shares updates on his and Sofía's daily walks, what they see and do, and how Sofía brightens the day of so many neighbors. Seeing the photos and the joy in all of them led me to the idea to include a teenager with Down syndrome for this story.

Thank you, Sofía, for the inspiration! Keep smiling and spreading your happiness.

Author's Notes

Special Olympics is an international organization that works to end discrimination against people with intellectual disabilities. The goal of inclusion is promoted through sports and activities which support over 5 million athletes, one million coaches and volunteers in 32 different sports in 170 countries.*

*Information gathered from www.specialolympics.org

The main character of the story, Sophia, is a teenager with Down syndrome. Down syndrome is a genetic disorder that causes developmental and physical delays and disabilities. As with many disorders, there are different types which present differently for individuals.**

**Information gathered from www.cdc.gov

The Paralympics and the Special Olympics are two different and distinct events - at least in English (the former for athletes with physical disabilities, the latter for neurotypical athletes). However, the term "Jeux paralympiques" is used in French to describe both events.

Chapitre 1
Sophia

C'est lundi. C'est le matin. C'est mon jour de la semaine favori.

D'abord je vais à l'école.
Je suis dans une classe avec mes amis.
C'est une petite classe.
Dans la classe il y a sept personnes : trois filles et quatre garçons.

Un garçon s'appelle Jonathan.
Un autre garçon s'appelle Teddy.
Et deux garçons s'appellent Marcus : Marcus P. et Marcus G.
Une fille s'appelle Vicki.
Une autre fille s'appelle Nicoletta.
Et moi, je m'appelle Sophia.

Toutes les personnes de la classe sont différentes.
Mais nous sommes similaires aussi.

J'aime l'école. Mes profs sont fantastiques.

Le lundi est mon jour favori parce que je vais au gymnase après l'école. Je suis athlète. Je vais participer aux Jeux Paralympiques cet été. Mon sport est l'haltérophilie[1].

Chapitre 2
Stefanie

C'est l'après-midi. Je suis au gymnase. Le gymnase s'appelle Punch. C'est mon gymnase. Je suis la directrice. Je suis aussi coach. Je m'appelle Stefanie.

Au gymnase, il y a un autre entraîneur et il est fantastique. C'est mon ami, Mike. Mike et moi, nous sommes amis depuis dix ans.

Mike et moi gagnons beaucoup de compétitions d'haltérophilie. On est forts et bons en sport.
Je dis à Mike :

—Mike, on a une séance avec Sophia, Nicoletta, Teddy et Jonathan dans quinze minutes.

—Oui. On va s'exercer à faire du développé-couché[2] —dit Mike.

---

[2] développé-couché : bench press.

—C'est bon. Un autre jour on va travailler les *squats* et le soulevé de terre[3] —je lui dis.

—Bon. C'est ma séance favorite de la semaine —dit Mike.

—Oui. Moi aussi, j'aime travailler avec ce groupe.

Mike et moi avons entraîné beaucoup d'athlètes. Les athlètes qui participent aux Jeux Paralympiques sont mes favoris. Ce sont aussi les favoris de Mike.

Une fille entre dans le gymnase. Elle est petite et elle a les cheveux courts. Mes cheveux sont courts aussi. Mais mes cheveux ne sont pas bleus. Ses cheveux sont bleus.

Je parle avec elle :

—Bonjour. Comment... ? As-tu besoin de... ?
—Je m'appelle Blue. Je dois être ici —elle me dit—. Je n'ai pas le choix.

---

[3] le soulevé de terre : deadlift.

Oh. C'est la nouvelle fille. C'est la fille de l'école. Elle a beaucoup de problèmes. Elle a besoin d'un programme. Et maintenant, elle est ici à Punch.

—Oh, bonjour. Tu es Karla !

—Je m'appelle Blue. Je n'aime pas le nom Karla.

Ah. C'est évident. Elle a des problèmes.

Chapitre 3
Sophia

Je suis très contente. Il est 3h de l'après-midi et je suis au gymnase.

J'ai mes affaires de sport : mes chaussures spéciales, mes gants et ma ceinture.

—Bonjour, Stefanie. Bonjour, Mike —je leur dis—. Ça va ?

—Bonjour, Sophia —dit Mike—. Tu es prête à t'entraîner[4] ?

—Oui, Mike. Je suis prête. Je me prépare à la compétition —je lui dis avec un sourire.

Stefanie parle avec une fille. La fille a les cheveux bleus. La fille a l'air[5] fâché. Elle ne sourit pas.

—Qui est-ce ? —je demande à Mike.

---

[4] s'entraîner : to train.
[5] a l'air : seems/appears.

Mike répond —C'est une nouvelle athlète. Elle va s'entraîner avec ton groupe.

—Oh, OK.

—Sofi, prends tes chaussures, tes gants et ta ceinture pour la séance. On va commencer dans cinq minutes.

—OK, Mike. Je vais être prête.

*****

Tous les membres du groupe participent à la séance d'aujourd'hui : Teddy, Nicoletta, Jonathan et moi. Ils s'entraînent pour les Jeux Paralympiques de la région. Ils participent à cette activité pour la première fois.

Je ne suis pas nouvelle. Ça fait trois ans que je fais de l'haltérophilie. Je suis contente parce que je suis plus forte maintenant.

L'haltérophilie est un sport individuel, mais au gymnase, on est une équipe :

Quand Nicoletta va bien, nous sommes contents.
Quand Jonathan va bien, nous sommes contents.
Quand Teddy va bien, nous sommes contents.
Et bien sûr, quand je vais bien, nous sommes contents.

Nous sommes une équipe et nous sommes amis.

Chapitre 4
Stefanie

—OK, les athlètes, on va exercer le développé-couché aujourd'hui. Première-ment, on va faire des exercices pour s'échauffer —dit Mike.

—Mais d'abord, je veux vous présenter Blue. Elle est nouvelle dans le groupe et … —je dis.

Tout le monde dit « bonjour » et on commence à faire des exercices.

—Je veux PAS être dans un groupe avec des personnes attar- —dit Blue.

—Oh, Blue. On n'utilise pas ce mot au gymnase. On est positifs et sympas ici, toujours —je dis.

—Mais pourquoi est-ce que je suis avec eux ? Je suis pas comme eux. Je suis différente. Je suis pas attar-

Blue ne dit rien de plus.

—Blue, tu es ici parce qu'un de tes profs dit que tu es forte ... —je lui dis.

—Oui, je suis forte. Je suis plus forte qu'eux —dit Blue.

—C'est possible...

—J'aime soulever de la fonte[6] —dit Blue—. Je vais à Muscle Beach pour m'exercer tous les jours après l'école.

—Ton prof dit que tu as besoin d'un programme pour être encore plus forte —je lui dis.

—Mais pourquoi me mettre avec CE groupe ? —demande Blue.

Je réponds —Ce groupe est très petit. Et si tu veux participer à des compétitions, tu as besoin de beaucoup d'attention et de plus de temps avec un entraîneur.

—Compétitions ? —demande Blue.

---

[6] soulever de la fonte : to lift weights.

—Oui. Tu vas participer à des compétitions pour soulever de la fonte, n'est-ce pas ? — demande Mike.

—Euh, je sais pas … —dit Blue.

Blue n'a pas l'air fâché maintenant. Elle n'est pas contente, mais elle n'est pas fâchée non plus.

—Allons-y, Blue. Tu es avec nous —dit Sophia. Elle sourit à Blue. Elle sourit toujours à tout le monde.

Chapitre 5
Sophia

—Bonjour, Blue. J'aime tes cheveux.

Blue ne parle pas. Elle ne dit rien.

—Voici mes amis, Teddy, Nicoletta et Jonathan —je lui dis—. On est athlètes.

Blue ne parle pas. Elle ne dit rien.

—OK, les athlètes. On va s'entraîner. Nicoletta et Teddy ici. Sophia, Jonathan et Blue là-bas —dit Mike.

—Vas-y, Blue. C'est facile ... —je lui dis.

—Je SAIS soulever de la fonte —dit Blue—. Je suis pas STUPIDE.

Blue n'est pas contente. Je suis contente parce que je suis au gymnase avec mes amis et les entraîneurs. Blue, la nouvelle fille, n'est pas contente.

Chapitre 6
Stefanie

Après la séance avec Sophia et les autres, Mike et moi parlons.

Mike dit —Sophia s'entraîne très bien, mais elle a besoin de plus de séances, n'est-ce pas ?

—C'est vrai. Je vais téléphoner à ses parents demain. Sophia peut venir le samedi matin — je lui dis.

—Bonne idée. Aaron a une séance le samedi et il peut examiner le dos de Sophia. Elle dit qu'elle a mal au dos.

—D'accord. Elle doit être en pleine forme pour la compétition. Je suis très contente pour elle. Sophia est très forte —je dis à Mike.

—C'est incroyable. Elle est très forte. Et Blue est aussi forte. Elle a besoin d'une meilleure technique, mais ... Pourquoi est-ce qu'elle est avec nous à Punch maintenant ? — demande Mike.

—La directrice de son école dit qu'elle se bat contre beaucoup de personnes à l'école. Elle a une attitude problématique. Elle doit apprendre[7] à contrôler sa colère.

—C'est évident. Mais je pense que c'est une personne bien.

—C'est vrai, Mike. On va l'aider.

---

[7] apprendre : to learn.

Chapitre 7
Sophia

C'est samedi. C'est mon jour favori de la semaine. C'est le matin.

D'abord, je vais au gymnase.

J'ai une séance individuelle avec Mike.

On va exercer les squats. Et la technique.
Je vais participer aux Jeux Paralympiques cet été.

Je suis au gymnase. J'ai mon sac. Dans mon sac il y a mes chaussures, mes gants et ma ceinture. Aujourd'hui j'ai un maillot bleu que j'ai reçu à une autre compétition des Jeux Paralympiques locaux. J'ai gagné l'événement ce jour-là.

—Bonjour, Stefanie. Bonjour, Mike. Ça va ? Je vais très bien —je leur dis.

—Bonjour, Sofi —dit Stefanie—. Tu es prête pour la séance individuelle avec Mike ? Tu comptes dans notre équipe !

—Merci Stefanie. Je suis prête. Je veux m'entraîner aujourd'hui. Je veux être la meilleure !

—Oh, Sophia, tu es déjà la meilleure ! —dit Stefanie avec un sourire.

Stefanie est très gentille.

Mike aussi. —Sophia, prends tes chaussures, tes gants et ta ceinture. On va s'entraîner.

Soudain, Blue entre dans le gymnase.

—Bonjour, Blue —je lui dis—. Tu vas t'entraîner avec moi aujourd'hui ?

Blue ne répond pas. Elle a un problème. Blue est fâchée et elle a un œil au beurre noir.

Mike dit, —Sophia, on va s'entraîner.

Et lui et moi allons nous entraîner.

Chapitre 8
Stefanie

—Bonjour, Blue. Ça va ? —je lui demande.

C'est évident qu'elle a un problème.

—Tu as une séance aujourd'hui ? —je lui demande.

Blue n'a pas l'entraînement aujourd'hui. Je le sais. Mais il faut continuer la conversation.

Il y a un silence pendant quelques instants.

—Bonjour. Non, j'ai pas de séance. Mais je veux m'entraîner. C'est possible ?

—Oui, Blue. Tu as des chaussures et une ceinture ? —je lui demande.

Blue regarde autour d'elle, mais elle ne me regarde pas.

—Blue, tu as un problème ? —je lui demande.

Il y a un silence pendant quelques minutes.

—Blue ?

Blue répond par une question —Tu as vu[8] mon œil ?

Je ne réponds pas. Je veux plus d'informations. Je suis patiente.

—Oui. J'ai un problème. J'ai beaucoup de problèmes.
—Ça va, Blue. Tu veux me parler ? —je lui demande.
—J'ai pas de chaussures et j'ai pas de ceinture —dit Blue.
—Pas de problème, Blue. On a des chaussures et une ceinture pour toi à Punch.

—J'ai un autre problème —dit Blue.

Il y a un autre silence. Je prends des chaussures et une ceinture pour Blue.

---

[8] tu as vu : did you see.

—Stefanie, ma famille est sans abri[9] en ce moment.

C'est un grand problème.

—Quel grand problème —je lui dis—. Je peux t'aider ?

Blue me raconte alors tous ses problèmes :

-ses parents sont au chômage[10]
-sa famille de quatre personnes habite dans une voiture
-elle a des problèmes à l'école

—Et ton œil ? —je lui demande.

—Je m'entrainais[11] près de Muscle Beach à Venice quand je me suis fait insulter et …

—… et tu as utilisé[12] tes mains au lieu de ta tête ? —je lui demande, avec un sourire.

---

[9] sans abri : homeless.

[10] au chômage : unemployed.

[11] je m'entrainais : I was training.

[12] tu as utilisé : you used.

Blue répond aussi avec un sourire.

—Oui.

—OK. Voilà ce qu'on va faire : tu vas t'entraîner ici à Punch et pas à Muscle Beach. Et tu ne vas pas utiliser tes mains contre d'autres personnes, d'accord ?

Blue est nerveuse.

—Stefanie, j'ai pas d'argent pour ...

—Pas de problème, Blue. Tu t'entraines ici avec Sophia, d'accord ? Sophia est tout le temps là parce qu'elle s'entraîne pour les Jeux Paralympiques de cet été.

Blue n'est pas sûre.

—Blue, Sophia est très sympa. Elle travaille fort. Et ...

—C'est pas ça, Stefanie. J'aime bien Sophia. Elle est sympa—. Je peux pas utiliser mes mains ? —elle me demande.

—Tu peux utiliser tes mains pour soulever de la fonte. Allons-y. On va s'entraîner.

Chapitre 9
Sophia

J'ai une nouvelle amie, c'est Blue.

Elle est à Punch avec moi le lundi, le mercredi et le samedi. Ce sont mes jours favoris de la semaine.

Blue est très forte.

Elle m'aide avec les *squats*.

—Sophia, tu es prête ? Il faut faire huit répétitions.

—Oui. Je suis prête. Mais, huit ? C'est beaucoup —je lui dis.

—Ha, ha ! Sofi. C'est beaucoup, mais tu es très forte. Tu vas gagner la compétition cet été, hein ?

—Oui, Blue. Je vais gagner.

—Il faut beaucoup s'entraîner. Allons-y !

J'aime beaucoup m'entraîner avec l'aide de Blue.

Blue et moi nous entraînons avec Mike, mais Stefanie est aussi au gymnase aujourd'hui.

—Bonjour, les filles. On travaille fort aujourd'hui ?

—Oui —nous lui disons.

—Ça va, Blue ? Ça va à l'école ? —demande Stefanie.

—J'aime pas l'école, mais ça va —elle me dit.

—Et la famille, ça va ?

Blue s'éloigne[13] de moi et elle parle avec Stefanie. Quand elle revient, je lui demande —Ça va ta famille, Blue ? Ma famille va très bien.

Blue est fâchée.

---

[13] s'éloigne : she walks away from me.

—Ma famille va pas bien, Sophia, OK ?

—OK, Blue.

Chapitre 10
Stefanie

J'aime beaucoup mon gymnase. J'ai beaucoup d'élèves et mes élèves sont mes amis. J'aime aider les autres, et en particulier les personnes comme Blue. Sa situation est très difficile.

—Bonjour, Stefanie —un ami entre dans le gymnase —. Ça va ?

—Bonjour, Doc —je lui dis—. Ça va bien aujourd'hui. Tu es ici pour t'entraîner avec Mike ?

Cet ami s'appelle Aaron, mais au gymnase on l'appelle Doc parce qu'il est chiropraticien[14].

—Oui. Mike m'aide beaucoup.

—Très bien. Doc, tu peux examiner le dos de Sophia ?

—Bien sûr. Elle a mal ?

---

[14] chiropraticien : chiropractor.

—Elle dit qu'elle a des douleurs. Et il faut qu'elle soit en pleine forme pour la compétition.

—D'accord. Je vais l'examiner aujourd'hui. Sophia s'entraîne beaucoup —dit Doc.

—Oui, elle s'entraîne beaucoup. Elle veut gagner la compétition —je lui dis.

—Excellent. Et la nouvelle fille, ça va ? Elle est très forte, n'est-ce pas ?

—Oh oui. Blue est incroyable.

—Est-ce qu'elle va participer à Battle of the Belles ? —demande Doc.

Battle of the Belles est une compétition de huit épreuves de force pour les filles et les femmes. On célèbre toutes ces dames !!

—Je sais pas. Je vais lui parler de cet événement aujourd'hui.

*****

De l'autre côté du gymnase, Mike travaille avec Blue. Et Doc parle avec Sophia.

Doc est très grand, très fort et très sympa aussi.

—Sophia, comment va ton dos ?

—J'ai des douleurs. C'est pas trop grave, mais ça me fait mal.

—Je peux t'examiner ? —demande Doc.

—Oui. Merci, Doc.

Il faut que je parle à Blue.

—Blue, viens[15] ici. Je veux te parler.

—OK, Stefanie —dit Blue.

Blue fait un soulevé de terre. Elle soulève beaucoup de poids. Il faut utiliser de la craie[16] sur les mains pour soulever beaucoup

---

[15] viens : come.
[16] craie : chalk.

de poids. Maintenant elle a aussi de la craie sur le visage.

—Ha, ha ! Blue, tu as de la craie sur le visage. Est-ce que tu vas soulever des poids avec ton visage ?

—Ha, ha, Stefanie —dit Blue.

—Sérieusement, Blue, ta famille, ça va ? Et toi ?

Blue est mal à l'aise. Elle ne veut pas parler. Finalement, elle dit :

—La situation est difficile. Mes parents ont pas de travail. Quelquefois, ma famille dort dans un refuge, mais d'autres fois on dort dans la voiture. C'est difficile.

—C'est très difficile, je lui dis. Je voudrais t'aider. Je peux le faire ?

Blue est mal à l'aise. La conversation est délicate et la situation est très difficile pour elle.

Elle ne répond pas.

—Blue, j'ai un ami qui s'appelle John. C'est le directeur de "The People Concern" ici, à Los Angeles. Est-ce que je peux le contacter ?

—Qu'est-ce que c'est "The People Concern" ? —demande Blue.

—C'est une organisation qui aide les personnes sans logement[17] —je lui dis.

—Merci, Stefanie. Ma famille et moi, on a besoin d'aide.

—Très bien, Blue. Je veux aider ta famille. Et je veux t'aider aussi.

—Tu m'aides beaucoup, Stefanie. J'aime m'entraîner ici à Punch —dit Blue.

—Est-ce que tu veux t'entraîner pour une compétition ? —je lui demande.

---

[17] logement: housing.

—Moi ? Oui, bien sûr ! —dit Blue.

—Super. Tu vas t'inscrire[18] dans la compétition de Battle of the Belles. C'est dans quelques semaines.

—Merci.

—De rien. Maintenant, va t'entraîner —je dis à Blue.

Blue me sourit et je lui souris aussi.

Ensuite, je parle avec Doc —Ça va, le dos de Sophia ? Elle doit d'être en pleine forme.

—Ça va. Je peux l'aider tous les samedis.

—Merci, Doc. Tu es très sympa —je lui dis.

Le gymnase est très petit. Tous les athlètes ne s'entraînent pas pour une compétition, mais ils font tous partie de l'équipe Punch. Nous sommes amis. Et nous sommes aussi une famille.

---

[18] s'inscrire : to sign up for; enter.

Chapitre 11
Sophia

C'est vendredi. D'habitude, ce n'est pas mon jour favori, mais aujourd'hui c'est mon jour favori.

C'est un jour spécial à l'école. On va préparer un repas dans ma classe et mon papa va nous aider.

Mon père est la personne que j'aime le plus. Il est sympa. Il est généreux. Il est intelligent aussi.

Tous les jours, mon papa travaille dans une école. Il ne travaille pas dans mon école. Il travaille dans une autre école. Mon papa est prof de français.

Mais aujourd'hui, mon papa ne va pas à son école. Il est avec moi, à mon école. Il va préparer une quiche lorraine[19], un plat français, avec mes amis et moi. Mes amis sont

---

[19] quiche Lorraine : French tart made with pastry crust and custard with the addition of bacon.

Jonathan, Teddy, Marcus P., Marcus G., Nicoletta et Vicki.

—Bonjour, tout le monde —dit mon papa—. Ça va ? Vous êtes prêts à préparer une quiche lorraine ?

Mon papa est très sympa.

—Bonjour, Sofi, ma princesse. Viens m'aider. Qui sont tes amis ?

—Bonjour, papa. Tu connais mes amis ! —je lui dis.

—Rappelle-moi[20] qui est qui—dit-il. Mon papa a un grand sourire.

—Voici Jonathan et Marcus P. et Teddy et Marcus G. Et voilà Vicki et Nicoletta.

—Enchanté —dit mon papa—. On va préparer la quiche maintenant !

---

[20] rappelle-moi : remind me.

Tous mes amis sourient. Tout le monde est content. Mon papa va préparer le déjeuner et on va tous manger ensemble.

Chapitre 12
Stefanie

C'est samedi et il y a beaucoup d'activités au gymnase aujourd'hui. Sophia s'entraîne le matin. Blue s'entraîne aussi le matin. Elles s'entraînent ensemble. Les deux filles sont amies. Je suis très contente.

Et après, on va manger un plat spécial. Le papa de Sophia prépare une quiche et une mousse au chocolat pour tout le monde au gymnase. Nous aimons manger. Mike et moi mangeons beaucoup. Doc aussi. Il nous faut beaucoup d'énergie pour soulever des poids.

Blue est la première à entrer dans le gymnase.

—Bonjour, Stefanie. Bonjour, Mike, dit-elle.

—Bonjour, Blue. Ça va ? —demande Mike—. Tu es prête à t'entraîner ?

—Ça va et je suis prête, Mike. Je suis toujours prête.

—Oh, Blue. J'ai parlé[21] avec mon ami John, le directeur de l'organisation "The People Concern". L'organisation aide beaucoup de gens à Los Angeles qui n'ont pas de logement. J'ai des informations pour toi et pour ta famille. On peut en parler plus tard.

—OK, Stefanie. Et merci.

Blue prend ses chaussures et sa ceinture. La situation est très difficile pour elle. Sa famille n'a pas de logement et habite dans une voiture.

—Blue, si je peux t'aider avec d'autres problèmes... —je lui dis.

—Merci, Stefanie. Tu es très sympa.

*****

Après une séance incroyable, le papa de Sophia arrive avec beaucoup de nourriture. Il fait soleil mais pas trop chaud. Le temps ne change pas beaucoup d'un jour à l'autre, ici à Venice Beach. Cette partie de la Californie

---

[21] j'ai parlé : I spoke.

a un excellent climat. On va manger dehors. On parle de nos familles.

Sophia parle d'abord :

—Mon papa est la personne que j'aime le plus. Il est intelligent et sympa.

Le papa de Sophia dit —Sofi, ma princesse, et ta maman ?

—Oh, oui. J'adore aussi ma maman. Elle est intelligente, sympa et gentille. J'aime ma famille.

Je parle de ma famille, Mike parle de sa famille et Doc parle aussi de sa famille. Mais je suis nerveuse pour Blue. Est-ce que Blue va parler de sa famille ?

—J'aime aussi ma famille —dit Blue—. Mes parents sont très sympas et ma sœur est sympa aussi. C'est une fille bien. C'est ma sœur, mais c'est aussi mon amie.

—Comment s'appelle ta sœur, Blue ? —je lui demande.

—Elle s'appelle Korinne —dit Sophia—. Je le sais parce que Blue est mon amie.

—Oui. Vous êtes amies. Vous vous entraînez beaucoup ensemble —dit Mike.

—Blue, est-ce que Korinne et tes parents vont assister à la compétition de Battle of the Belles ? —demande Doc.

—Je sais pas. Je les ai pas invités[22] —dit Blue.

—Il faut les inviter, Blue —dit Doc—. C'est ta première compétition.

Battle of the Belles est dans deux semaines. La compétition va être à Muscle Beach. C'est ma compétition favorite. Tous les membres du gymnase vont à la compétition pour participer ou pour aider les athlètes. C'est un grand jour pour tout le monde.

---

[22] je ne les ai pas invités : I didn't invite them.

Chapitre 13
Sophia

C'est vendredi. Ce n'est pas mon jour favori, mais j'aime le vendredi. C'est le jour du club "Best Buddies". Toutes les personnes de ma classe ont comme camarade[23] une personne d'une autre classe. Ces personnes ne sont pas dans notre classe. Elles sont dans les classes régulières.

Mon amie "spéciale" s'appelle Rachel. Rachel et moi sommes amies depuis trois ans. J'aime Rachel parce qu'elle est sympa et géniale.

Cet après-midi, on va à la plage. J'aime aller à la plage. J'aime regarder l'océan et j'aime aussi sentir[24] le vent sur mon visage.

—Est-ce que vous êtes prêts à aller à la plage ? On va marcher —dit la prof.

---

[23] camarade : partner.
[24] sentir : to feel.

—Est-ce que vos sacs sont prêts ? —demande un autre prof.

Soudain, il y a un problème.

—TU ES UNE PERSONNE HORRIBLE !

—C'EST TOI QUI ES MÉCHANTE ! POURQUOI TU DIS DU MAL DE MOI ?

Le prof sort dans le corridor pour voir ce qui se passe[25].

Mes amis et moi regardons la scène. Nous ne sommes pas contents.

Le prof sort. C'est Rachel. Rachel est dans le corridor avec d'autres filles. Il y a un problème. Elles parlent trop fort. Elles crient.

Soudain, Rachel est parterre[26]. Blue est dans le corridor aussi, près de Rachel. Blue crie. Oh non !

---

[25] ce qui se passe : what is happening/going on.
[26] parterre : on the floor.

39

—Hé, les filles !

Je regarde Rachel sur le sol.

—Rachel, ça va ? —je lui demande.

Le prof parle avec Blue —Allons au bureau. C'est toi qui as créé[27] ce problème.

—Monsieur Morrow, Blue est mon amie. C'est mon amie du gymnase —je lui dis—. Blue, ça va ?

—Sophia, on va bientôt aller à la plage. Ton amie doit aller au bureau. On va résoudre le problème.

Je suis triste. C'est une situation horrible.

—Rachel, ça va ? Pourquoi est-ce que tu dis du mal de Blue ? —je lui demande.

—Il y a pas de problème, Sofi. Est-ce que tu es prête à aller à la plage ? —elle me demande.

---

[27] qui as créé : who has created.

—Rachel, Blue est mon amie. C'est une bonne amie. Pourquoi est-ce que tu dis du mal d'elle ?

—On a des problèmes avec quelques autres amis, Sophia. Rien de plus —dit Rachel.

—Rachel, je suis triste. Tu es mon amie et Blue est aussi mon amie. Je aime pas les problèmes.

Rachel ne parle pas. Rachel pleure.

—Rachel, ça va ? —je lui demande—. Est-ce que tu es triste ? Il faut pas pleurer.

Je prends la main de mon amie et je lui dis —C'est bon, Rachel. C'est bon.

Chapitre 14
Stefanie

—Stef, la compétition de Belles est dans deux jours. Ça fait une semaine qu'on a pas vu Blue. C'est un problème. Blue doit s'entraîner pour la compétition.

—Oui, Mike. C'est un problème. Il y a plein de problèmes. Blue a des problèmes à l'école. J'ai parlé avec la directrice. Blue a des problèmes avec plusieurs autres élèves.

C'est vrai, c'est un grand problème. Je ne dis rien.

—Je vais chercher Blue. Je vais à la plage. Elle doit être au bord de l'océan —dit Mike.

—Merci, Mike. Je vais m'entraîner avec Sophia aujourd'hui.

Où est Blue ? Je suis nerveuse. Oui, je suis nerveuse pour la compétition, mais je suis nerveuse pour Blue. Je l'aime beaucoup. C'est une personne admirable. Elle a des problèmes, oui, mais c'est une personne bien.

*****

C'est l'après-midi. Je suis au gymnase avec Sophia. Sophia s'entraîne beaucoup pour la compétition.

—Stefanie —Sophia me demande, où est Blue ?

—Je sais pas où elle est.

—Je préfère m'entraîner avec elle.

—Je le sais, Sofi. Mais il faut t'entraîner. Tu as bientôt une compétition.

La séance avec Sophia se termine.

—Au revoir, Stefanie. Est-ce que je vais te voir samedi ? demande Sophia.

—Oui Sophia. Mais on n'a pas de séance. C'est le jour de la compétition de Belles à Muscle Beach. Est-ce que tu te souviens ?

—La compétition de Blue...

—Oui Sophia. La compétition de Blue et de quelques autres femmes, c'est ce samedi.

Après deux heures, Mike revient. Blue est avec lui. Ses cheveux sont tout emmêlés[28]. Son visage est sale[29]. Ses mains aussi.

—Blue, qu'est-ce qui se passe ? —je lui demande.

Blue ne répond pas.

—Où ... —je demande à Mike.

Il répond —À la plage. Près de Muscle Beach. Elle ne veut pas parler avec moi.

—Blue, quel est le problème ? Pourquoi est-ce que tu es sale ? —je lui demande.

Blue ne répond pas. Est-ce qu'elle est fâchée ? Triste ? Frustrée ?

---

[28] emmêlés : tangled.
[29] sale : dirty.

Soudain, Blue commence à pleurer. Et elle pleure beaucoup.

Elle veut parler, mais à cause de ses larmes, c'est difficile. Ses paroles ne sont pas claires.

—Calme-toi[30] —je lui dis—. Calme-toi. Quel est le problème ?

Blue pleure et elle crie —On veut m'expulser de l'école. On veut M'EXPULSER ! Pour rien !

—Calme-toi. Dis-moi[31] tout.

Pendant une heure, Blue me raconte tous ses problèmes et toutes ses frustrations. Elle ne peut pas faire ses devoirs. Elle a des mauvaises notes[32]. Blue s'endort dans ses classes parce qu'elle ne dort pas bien dans la voiture. Les autres élèves disent du mal d'elle à l'école. Et bien sûr, Blue se bat[33] pour se défendre.

---

[30] calme-toi : calm down.
[31] dis-moi : tell me.
[32] notes: grades.
[33] (elle) se bat : she fights.

—OK Blue. Voilà ce qu'on va faire. Tu vas t'entraîner avec Mike maintenant. Et je vais téléphoner à l'école. Et ...

À ce moment, mon téléphone vibre.

—Va t'entraîner avec Mike, Blue. C'est mon ami, John de "The People Concern". Il va avoir des informations pour toi et pour ta famille.

Chapitre 15
Sophia

—Blue ! Est-ce que tu es prête ? C'est le jour de ta compétition !

Je suis très contente. Ce n'est pas ma compétition, mais c'est le jour de la compétition de mon amie.

—Bonjour Sophia. Oui, je suis prête.

—Tu es nerveuse ? Tu dois pas être nerveuse ...

Blue ne répond pas. Elle regarde tous les gens[34] qui sont à Muscle Beach. Il y a beaucoup de gens !

C'est un jour fantastique. Il fait soleil, mais il ne fait pas trop chaud. Et il y a une petite brise.

Allons-y, Blue !

---

[34] tous les gens : all the people.

Chapitre 16
Stefanie

Cette compétition est ma favorite. C'est MA compétition. Je suis la directrice de la compétition.

Les femmes sont très fortes. J'ai beaucoup d'amies qui participent à toutes les épreuves. Je ne suis pas nerveuse pour elles, mais je suis nerveuse... pour Blue. Où est... ?

Blue parle avec trois personnes. C'est la famille de Blue, j'imagine. Excellent ! Sa famille est venue pour regarder la compétition de Blue.

J'ai des informations de la part de John pour ses parents. Je vais leur en parler plus tard.

Maintenant je veux parler avec Blue.

—Blue, viens ici.

Blue finit de parler avec ses parents et elle vient vers moi pour me parler.

—Bonjour Stefanie.

—Bonjour Blue. Est-ce que tu es prête ? —je lui demande.

—Oui. Mais il y a beaucoup de gens...

—Ha, ha ! Oui. Les spectateurs veulent voir une excellente compétition. Est-ce que tu es nerveuse ?

—Un peu ...

—Il ne faut pas être nerveuse —je lui dis—. Tout va bien aller.

Je la sers dans mes bras[35].

La réaction de Blue est fantastique : elle me fait un grand sourire.

---

[35] je la sers dans mes bras : I hug her.

Chapitre 17
Sophia

Il y a beaucoup de gens qui regardent la compétition.

Blue dit qu'elle est nerveuse.

Elle est très nerveuse. Elle ne réussit pas bien dans ses deux premières épreuves.

Je lui dis :

—Blue, c'est bon. Tu es très forte. Tu peux le faire !

—Merci Sophia. C'est très difficile. J'ai pas d'énergie. Je veux bien faire, mais je peux pas ... —dit Blue.

—Est-ce que tu as besoin d'un peu de nourriture ? J'ai ...

J'appelle alors mon amie Rachel. Elle regarde la compétition.

—Rachel, viens ici —je lui dis.

Rachel vient vers nous.

—Bonjour Blue —dit Rachel.

Blue ne dit rien. Finalement, elle dit —Pourquoi est-ce que tu es ici ?

—Je l'ai invitée[36] —je dis.

—Blue, je suis désolée. Je me suis mal comportée[37]. J'ai apporté[38] pour toi des sandwichs au beurre de cacahuète et à la confiture[39]. Tu en veux un ? —demande Rachel.

—Oui Rachel. Merci. Et merci d'être venue. Moi aussi, je me suis mal comportée. Je suis désolée —dit Blue.

Cet échange me fait sourire.

—J'aime ça. Mes amies sont amies —je dis.

---

[36] je l'ai invitée : I invited her.

[37] je me suis comportée: I behaved.

[38] j'ai apporté : I brought.

[39] beurre de cacahuète et confiture : peanut butter and jelly.

—Le sandwich est excellent, Rachel. Maintenant j'ai plus d'énergie. Merci —dit Blue.

—De rien.

Chapitre 18
Stefanie

La compétition est fantastique. Les femmes ont d'excellents résultats. Blue aussi. Elle ne gagne pas la compétition, mais elle gagne une médaille pour le banc de presse.

—Excellent, Blue ! —je lui dis—. Je suis très heureuse.

—Merci Stefanie. Je suis très heureuse aussi. Merci pour ton aide. Merci à Mike aussi. Et à toute l'équipe de Punch —dit Blue.

—De rien Blue.

—Mais la personne qui m'aide le plus ... est Sophia. Sophia est une inspiration. C'est une amie fantastique —dit Blue.

—Vous êtes toutes les deux fantastiques. Maintenant tu peux aider Sophia avec sa compétition —je lui dis.

—C'est vrai. C'est dans deux semaines —dit Blue.

Je suis super contente. Blue a besoin d'améliorer son attitude, mais … elle progresse. Et avec l'aide de John …

—Blue, j'ai des informations. John est ici et il parle avec tes parents. Il a un appartement pour vous —je lui dis.

Maintenant Blue est super contente.

—Vraiment ?

—Oui. Ta famille peut emménager[40] dans l'appartement dans deux jours.

—Oh Stefanie ! Merci. Merci beaucoup !

Soudain, Blue est nerveuse. —Stefanie, mes parents n'ont pas d'argent. Ils n'ont pas de travail …

—Blue, c'est un problème d'adultes. Et ce n'est pas un problème. John va beaucoup aider ta famille.

---

[40] emménager : to move in.

—Merci Stefanie ! Tu es incroyable !

—C'est John qu'il faut remercier. Maintenant, allons accepter ta médaille et prendre des photos.

Sophia prend la main de son amie et elle dit
—Allons-y, Blue.

Chapitre 19
Sophia

C'est le jour de ma compétition. C'est un grand jour.

Mes parents et moi allons dans un grand gymnase à Los Angeles. Je vais participer à trois épreuves :

- le développé-couché
- le soulevé de terre
- le squat

J'aime toutes les épreuves. En général, je réussis bien le développé-couché et le soulevé de terre. Mais mon point fort, c'est le squat.

Je suis très contente. Je veux gagner.

*****

C'est un grand jour, mais c'est un jour difficile.

Je ne réussis pas très bien ni le développé-couché ni le soulevé de terre.

Mais il y a encore une épreuve : le squat.

—Stefanie, je veux gagner cette épreuve. C'est possible ? —je lui demande.

—Sophia, tu es très forte. Tu peux gagner. Oui, c'est possible. Tu as fait[41] des exercices pour t'échauffer[42]?

—Oui, Stefanie. Je suis prête.

—Très bien Sophia. Bonne chance[43]. Je te regarde —dit Blue.

Blue est ici. Blue est mon amie.

Blue, Mike et moi allons à l'épreuve de squat.

—Sophia, tu es forte. Tu peux le faire —dit Mike.

---

[41] as-tu fait : did you do.
[42] s'échauffer : to warm up
[43] bonne chance : good luck.

Je suis en position, la barre sur le dos. La barre sur les épaules, je plie les genoux[44].

Oh ! Une douleur.

J'essaye de soulever les poids, mais il est évident que j'ai un problème.

---

[44] je plie les genoux : I bend my knees.

Chapitre 20
Stefanie

Mike, Blue et moi regardons Sophia. Elle en est à son épreuve favorite : le squat.

Son premier essai[45] est difficile. Elle le fait, mais c'est difficile. Il est évident qu'elle a un problème.

—Sophia, tu as l'habitude de ces poids. Est-ce qu'il y a un problème ? —je lui demande.

—Oui Stefanie. J'ai une douleur dans le dos.

—J'ai vu[46] Doc —dit Blue—. Je vais le chercher. Il peut t'aider.

Sophia est nerveuse. Elle veut gagner, mais elle ne peut pas gagner avec une douleur dans le dos.

---

[45] essai : try.
[46] j'ai vu : I saw.

—Ça va, Sofi. Blue va chercher Doc. Il peut t'aider.

—OK Stefanie. Je suis nerveuse. Je veux gagner.

—Je sais, Sofi. Je sais.

Blue arrive rapidement avec Doc.

—Bonjour Sophia. Comment va la compétition aujourd'hui ? —demande Doc.

Doc est très sympa. Doc participe à la compétition comme bénévole. Il aide beaucoup d'athlètes.

—Est-ce que je peux examiner ton dos ? —demande Doc.

—Oui. S'il te plait.

Doc examine Sophia et met des aiguilles[47] d'acupuncture sur son dos.

---

[47] aiguilles : needles.

—Ça va maintenant, Sophia ? —demande Doc.

—Ça va beaucoup mieux, Doc. Merci !

Sophia sourit. Elle n'est pas nerveuse. Elle est prête.

—Allons-y Sofi —je lui dis.

Sophia marche vers la barre et prend position. Il y a beaucoup de poids sur la barre.

Elle est en position, la barre sur le dos.

Elle est prête. Elle descend avec la barre ...

Est-ce qu'il y a un problème ?

Non ! Sophia complète le squat. C'est un record personnel.

Nous crions ! Nous sommes très contents.

Tout le monde au gymnase crie.

—Sophia ! Sophia ! Sophia !

Blue sert son amie dans ses bras. Blue est super contente —Sophia, tu es très forte !

—Merci Blue. Merci pour ton aide —dit Sophia.

—Comment ? Je ...

—Tu es mon amie.

Glossaire

A

à – to, at
(d')abord - first
(sans) abri –
   homeless
accepter – to accept
(d')accord - OK
activité(s) –
   activity(ies)
adore - love
adultes - adults
affaires - business
ai - have
aide - helps
aider - to help
aides - help
aiguilles - needles
aime - like
aimons - like
(mal à l')aise –
   uncomfortable
aller - to go
allons - we go
alors - so
ami/e(s) – friend(s)
améliorer - to
   improve
ans - years
appartement –
   apartment

appelle - call/s
appelant - calling
apporté - brought
apprendre – to learn
après - after
argent - money
arrive - arrive
as - have
assister - to assist
assistons - assist
athlète - athlete
au(x) – to the, at
   the
aujourd'hui - today
aussi - also
autour - around
autre(s) - other
avec - with
avoir - to have
avons - have

B

banc - bench
barre – (weight) bar
(là-)bas - over there
(se) bat - she fights
beaucoup – a lot
belles - pretty
(avoir) besoin - to
   need

beurre - butter
bien - well
bientôt - soon
bleu(s) - blue
bon/ne(s) - good
bonjour - hello,
good morning
bras - arms
brise - breeze
bureau - desk
bénévole -
volunteer

C
c'/ça/ce - that
cacahuète - peanut
Californie -
California
calme - calm
camarade - partner
(à) cause de -
because of
ceinture - belt
célèbre - celebrate
ces - those
cet/te - that
(au) chômage -
unemployed
chance - luck
change - change
chaud - hot
chaussures - shoes

chercher - to look
for
cheveux - hair
chiropraticien -
chiropractor
chocolat - chocolate
choix - choice
cinq - five
claires - clear
classe(s) - class(es)
climat - weather
colère - anger
comme - like, as
commence - begins
commencer - to
begin
comment - how
complète -
completes
comportée -
behaved
compétition(s) -
competition(s)
confiture - jelly
connais - know
contacter - to
contact
content/e(s) - happy
continue -
continue/s
continuer - to
continue
contre - against

contrôler - to control
(développé) couché- bench press
côté - side
courts - short
craie - chalk
créé - created
crie - yells
crient - yell
crions - yell

D
d'/de - of, from
dames - women
dans - in
dehors - outside
déjà - already
déjeuner - lunch
delicate - delicate
demain - tomorrow
demande - ask/s
depuis - since/ for
des - of the, from the
descend - descend/s
désolée - sorry
deux - two
développé-couché - bench press
devoirs - homework
difficile - difficult

différente(s) - different
directeur - director
directrice - director
dis - say
disent - say
disons - say
dit - say
dix - ten
dois - must
doit - must
dort - sleeps
dos - back (body)
douleur(s) - pain(s)
du - of/from the
defender - to defend

E
échange - exchange
(s')échauffer - to warm up
école - school
élèves - students
éloigne - distant
elle - she
elles - they (f)
emmêlés - tangled
emménager - to move in
en - in, on
enchanté - pleased (to meet you)

encore - again
endort - asleep
énergie - energy
enseignement – training
ensemble - together
ensuite - then
entraîner – to train
entrainais – was training
s'entraînent - train
entrainer – to train
entraines – train
entraîneur(s) – trainer(s)
entraînons - train
entre - enters
entrer - to enter
épaules - shoulders
épreuve(s) – attempt(s)
équipe - team
es - are
essai - trial
essaye - tries
est - is
et - and
été - summer
eux - them
évident - evident
événement - event
examine - examines

examiner - to examine
excellent/e(s) – excellent
exercer – to exercise
exercices – exercises
expulser - to expel

F
fâché/e - angry
facile - easy
faire – to do, make
fais - do
fait - does
famille(s) – family(ies)
fantastique(s) – fantastic
(il) faut - it is necessary
favori(s) - favorite
femmes - women
fille(s) - girl(s)
finalement - finally
finit – finishes
fois – time, instance
font - do, make
fonte - weights
force - strength
forme - shape (fitness)

fort/e(s) - strong
français - French
frustrée - frustrated

G
gagne - wins
gagner - to win
gagnons - win
gagné - won
gants - gloves
garçon(s) – boy(s)
genoux - knees
gens - people
gentille - nice
grand - big
grave - serious
groupe - group
gymnase - gym
géniale - nice
général - general
généreux - generous

H
habite - live
habitude - habit
haltérophilie - weightlifting
hein - eh
heure(s) - hour(s)
heureuse - happy
huit - eight
hé - hey

I
ici - here
idée - idea
il - he
ils - they (m.)
imagine - imagine/s
importante - important
incroyable - incredible
individual/le - individual
informations - news
inscrire - to register/ sign up
insulter - to insult
intelligent/e - intelligent
inviter - to invite
invité/e(s) - invited

J
j'/je - I
jeux - games
jour(s) - day(s)

L
l'/la/le - the
larmes - tears
les - the
leur - their

(au) **lieu** - instead
logement - housing
(quiche) lorraine -
    quiche made
    with bacon
lui - him/her
lundi - Monday

M
m'/me - me
ma - my
maillot - jersey
main(s) - hand(s)
maintenant - now
mais - but
mal - badly
maman - mom
mangeons - eat
manger - to eat
marche - walk/s
marcher - to walk
matin - morning
mauvaises - bad
meilleure - better
membres -
    members
mentionner - to
    mention
merci - thank you
mercredi -
    Wednesday
mes - my
met - puts

mettre - to put
midi - noon
mieux - better
moi - me
mon - my
monde - world
monsieur - mister
mot - word
mousse - pudding-
    like dessert
méchante - mean
médaille - medal

N
n'/ne - not
nerveuse - nervous
nez - nose
ni - or
noir - black
nom - name
non - no
nos - our
notes - grades
notre - our
nourriture - food
nous - we
nouvelle - new

O
océan - ocean
(Jeux) Olympiques-
    Olympic Games

on - we
ont - have
organisation -
  organization
ou - or
oui - yes

P
papa - dad
par - through
parce que -
  because
parle - speak/s
parlent - speak
parler - to speak
parlons - speak
parlé - spoke
paroles - words
parterre - on the
  floor
participe -
  participate/s
participent -
  participate
participer - to
  participate
particulier -
  particular
partie - part
pas - not
passé - past
patiente - patient
pendant - during

pense - think/s
personne(s) -
  person(s)
personnel - staff
petit(e) - small
peu - little
peut - can
peux - can
plage - beach
(s'il te) plait -
  please
plat - dish
plein - full
pleine forme -
  good shape
pleure - cry/cries
pleurer - to cry
plie - bend
plus - more
plusieurs - several
poids - weights
positifs - positive
pour - for
pourquoi - why
première - first
premier - first
prend - takes
prendre - to take
prends - take
le banc de presse -
  bench press
princesse -
  princess

problème - problem
prof(s) - teacher(s)
programme - program
progresse - progress
préfère - prefer
prépare - prepare
préparer - to prepare
présenter - to present

Q
qu' - what
quand - when
quatre - four
que - that
quel - what
quelquefois - sometimes
quelques - few, some
qui - who
(quiche) lorraine - quiche made with bacon
quinze - fifteen

R
raconte - tell/s

rapidement - rapidly
rappelle - reminds
refuge - shelter
regarde - watch
regardent - watch
regarder - to watch
regardons - watch
régulières - regular
remercier - to thank
revient - return
(au) revoir - good-bye
rien - nothing
réaction - reaction
région - region
répond - respond/s
réponds - respond
répétitions - repetitions
résultats - results
réussis - successful
réussit - succeeds

S
s'/se - to him/herself
sa - his, her
sac(s) - bag(s)
sais - know
sale - dirty

samedi –
Saturday(s)
sans - without
semaine(s) –
week(s)
sentir - to feel
sept - seven
sers - serve
sert - serves
ses - his, her
si - if
similaires - similar
soit - that is
sol - ground
soleil - sun
sommes - are
son – his, her
sont - are
sort - leaves
soudain - suddenly
soulever – to lift
soulevé de terre –
deadlift
sourient - smile
sourire - to smile
souris - smile
sourit - smiles
souviens –
remember
spectateurs –
spectators
special/e(s) –
special

spécialisé –
specialized
spéciaux - special
stupide - stupid
suis - am
sur - on
sympa(s) - nice
séance(s) –
session(s)
sérieusement –
seriously

T
t'/te - you
ta - your
tard - late
temps - time
termine - finish
terre - ground
tes - your
toi - you
ton - your
toujours - always
tous - all
tout/e(s) - all
très - very
travail - work
travaille - work/s
travailler - to work
triste - sad
trois - three
trop – so much
tu - you

téléphone – call/s
téléphoner – to call

U
un/e – a, an
utilise – use/s
utiliser – to use
utilisé – used

V
va – goes
vais – go
vas – go
vendredi – Friday
venir – to come
vent – wind
venue – come
vers – toward
veulent – want
veut – wants
veux – want
vibre – vibrates
viens – come

vient – come
visage – face
voici – here is
voilà – there is
voir – to see
voiture – car
vont – go
vos – your
voudrais – would
  like
vous – you
vrai – true
vraiment – truly
vu – saw

Y
y – there
  il y a – there is,
  there are

ABOUT THE AUTHOR

Jennifer Degenhardt taught high school Spanish for over 20 years and now teaches at the college level. At the time she realized her own high school students, many of whom had learning challenges, acquired language best through stories, so she began to write ones that she thought would appeal to them. She has been writing ever since.

Other titles by Jen Degenhardt:

La chica nueva | La Nouvelle Fille | <u>The New Girl</u> | Das Neue Mädchen | *La nuova ragazza*
La chica nueva (the ancillary/workbook volume, Kindle book, audiobook)
Chuchotenango | *La terre des chiens errants*
Pesas | *Poids et haltères*
El jersey | <u>The Jersey</u> | *Le Maillot*
La mochila | <u>The Backpack</u> | *Le sac à dos*
Moviendo montañas | *Déplacer les montagnes*
La vida es complicada | *La vie est compliquée*
Quince | <u>Fifteen</u>
El viaje difícil | *Un Voyage Difficile* | <u>A Difficult Journey</u>
La niñera
Fue un viaje difícil
Con (un poco de) ayuda de mis amigos

La última prueba
Los tres amigos | <u>Three Friends</u> | *Drei Freunde* | *Les Trois Amis*
María María: un cuento de un huracán | <u>María María: A Story of a Storm</u> | Maria Maria: un histoire d'un orage
Debido a la tormenta
La lucha de la vida | <u>The Fight of His Life</u>
Secretos
Como vuela la pelota

@JenniferDegenh1

<u>@jendegenhardt9</u>

@puenteslanguage &
World LanguageTeaching Stories (group)

Visit <u>www.puenteslanguage.com</u> to sign up to receive information on new releases and other events.

Check out all titles as ebooks with audio on <u>www.digilangua.co</u>.

ABOUT THE COVER ARTIST

Layla Morris is a self-taught artist from Greenwich, CT. Layla has been creating art in various forms, utilizing various mediums since 2015. Layla shares her work on Instagram: @laylaamorriss.